CAMILLE COMBAL

présente

"C'EST NOUS, C'EST DERRICK"

LE LIVRE OFFICIEL TA RACE !

W0278100

Éditeur : Stéphane Chabenat
Conception graphique : Emmanuelle Noël
Couverture : MaGwen Creative Management
Dessins : Herlé

Les Éditions de l'Opportun
16 rue Dupetit-Thouars
75003 Paris

www. editionsopportun.com

Imprimé en Europe
ISBN : 978-2-36075-409-0
Dépôt légal : à parution

Pour mon hmar préféré

Veuillez agréer la con de vos races -

Derrick

C'est nous, c'est Derrick !

Salut bande de chbebs,

Sur ma vie, ensemble on a fait une belle année. Pour marquer le coup la con de vos races, j'ai décidé de vous mettre au top du top. Vous allez être au top.

Dans ce livre j'vous ai mis la totale : des jeux sur moi, un dictionnaire de mes expressions favorites, les recettes des plats avec lesquels je me casse le bide, bref du 100 % Derrick ! C'est simple, vous saurez tout sur moi, même des trucs que moi j'sais pas.

Y'aura même ce connard de Jürgen. Allez, je vous laisse les Mahbouls y'a les sœurs Strudel qui m'attendent...

Amitiés tunisiennes
L'inspecteur Derrick
5 sur vous

LES SEPT ERREURS

En recopiant son illustration, notre dessinateur à la con (la putain de sa race, que la scoumoune soit sur lui, que les merguez l'étouffent, et que l'harissa lui crame la rondelle!) a commis 7 erreurs. Si tu peux les trouver en moins de 10 secondes, je le vire et le job est pour toi, mon fils!

C'EST NOUS, C'EST DERRICK !

Dico Derrick

Ahchouma :

Expression souvent utilisée par Derrick et qui signifie « la honte ! ».

Exemple : « L'ahchouma de rouler dans la Citroën de Jürgen ! »

Baba :

Papa. Utilisable dans la chanson « Mon baba à moi est un gangster ».

Babo, Babou :

Idiot, stupide.

On peut également utiliser le mot Babosso pour désigner un abruti ! Babossa pour une fille. En revanche, éviter d'employer ce terme en parlant du vendeur de la BM Il peut vous enlever la réduc.

Babel Oued :

Eh non, il ne s'agit pas d'une ville d'Afrique du Nord ! C'est une expression qui désigne quelque chose qui se trouve très loin.

> **Exemple :** « La vérité, Hammamet, c'est Babel Oued de Munich ! »

Bélék :

Expression qui signifie « attention ». Quand Derrick prête les clefs de sa BMW, il demande de « faire belek » avec sa voiture. Peut aussi être utilisé avec sa Rolex, ses lunettes et sa fille (par ordre d'importance).

Boukha :

Alcool traditionnel tunisien réalisé à base de figues. Il se boit à l'apéritif ou en digestif et peut servir également de base pour les cocktails.

À noter : la veste de Derrick est imperméable aux taches de Boukha.

Bsartek :

Littéralement : « Avec la santé ». Expression admirative qui signifie « Ça va bien pour toi ! ».

Exemple : « Franchement, Bsartek l'imper ! »

Casbah :

Mot familier pour désigner « la maison » qui à l'origine désigne la forteresse d'une ville.

Exemple : « Jürgen, je vais inviter mes potes dans ton cul ça va devenir notre casbah ! »

Chaouch :

Un serviteur, un esclave, un faire-valoir, Jürgen.

Choukrane :

Merci.

À noter : mot très peu utilisé par Derrick.

Chbeb :

Mot populaire pour saquer la virilité d'un homme.

Chouf :

Interjection qui signifie « regarde ! ».

Exemple : « Chouf le tarma des sœurs Strudel ! »

Chrana :

Grosse chaleur, à la limite de l'insupportable.

Exemple : « Putain avec cette Chrana, j'ai des 33 tours sous les bras ! »

Chkoumoune :

Le manque de chance, le mauvais œil, la poisse.

Darbaa :

Un coup, quelque chose d'inattendu.

Exemple : « Je voulais faire une darbaa à Jürgen, il m'a trouvé dans son lit, avec sa femme ! »

Darka :

Joie, plaisir, fraîcheur, deulerie, rigolade.

Exemple : « Avec les potes, on s'est fait une Darka à Ibiza, frère ! »

Deudeu :

Vient du verlan « Deuspi » (speed), faire quelque chose « en deudeu », vite fait, rapidement.

Exemple : « J'ai fait un créneau, j'ai garé la BM en deudeu. »

Habibi :

Expression pour dire « Mon Chéri ! ».

Hmar :

Insulte qui signifie « âne », souvent utilisée pour désigner un con ou Jürgen.

Hmara :

Féminin de « Hmar ». Aurait beaucoup été utilisé par Derrick si Jürgen était une femme.

Kahba :

Débile, conne.

Exemple : « Je supporte plus ma femme elle a niqué un de mes costards, cette Kahba ! »

Kchouch :

Des broutilles, des choses qui ne servent à rien.

Attention : ne pas confondre avec « Je suis passé chez Sosh ».

Larziz(a) :

Mot affectueux pour dire « mon chéri » ou « ma chérie ». On peut aussi entendre « laziz » ou « laziza ». Dans le cas de Derrick, cela relève plus du mépris que de l'affection.

Mabrouk :

Expression pour féliciter quelqu'un d'une réussite. Jürgen attend désespérément que Derrick lui dise « Mabrouk ! ».

Makroud, Makrout :

Pâtisserie réalisée à partir de semoule de blé et qui peut être fourrée (dattes par exemple).

À noter : Derrick envisage souvent d'en mettre dans le tarma de Jürgen.

Marbo(u)le :

Devenir fou. Derrick peut également utiliser « Meshouga » ou « Michgenes ».

Exemple : « Il est marboul Afflelou, il est marboul ! »

Mazel Tov :

Expression pour souhaiter bonne chance ou féliciter quelqu'un.

Exemple : « Franchement Mazel Tov la BM, t'as fait une belle année ! »

Miskin :

Pauvre, malheureux, looser. Derrick utilise souvent l'expression « Faire son Miskin » pour désigner un pauvre type ou quelqu'un de triste.

Exemple : « Son coiffeur l'a raté, miskin la peu-cou ! »

Mitzva :

Diminutif utilisé par l'inspecteur Derrick pour parler de la bar-mitzva de son fils pour laquelle il a loué les services d'Enrico Macias et de Christophe Maé.

Nardinamouk :

Insulte qui signifie littéralement « Maudite soit la religion de ta mère ! », équivalent de « Nique ta mère ! ».

Mais l'inspecteur Derrick l'utilise aussi pour dire bonjour, souhaiter bon appétit, joyeux Noël et bonne année !

Nikomouk :

Expression populaire qui signifie « Nique ta mère ! ».

Cf. « Nardinamouk »

Oualou :

Rien. Synonyme : « Makache. »

Exemple : « Compte pas sur moi, j'ai oualou dans mes poches. »

Pecho :

Verlan de « Choper », signifie réussir à sortir avec une fille.

Exemples : « J'ai pécho les sœurs Strudel, j'ai pécho la femme de Jürgen, j'ai pécho une chiasse. »

Rassra :

Angoisse, stress, coup dur.

Exemple : « J'suis en rassra, j'ai dû payer le resto. »

Rkik :

Antipathique. Insulte équivalent de « Gros lourd ». Souvent employé par Derrick pour désigner ses collègues.

Salamalecs :

Signifie : « Je te salue. » Formules, politesses, manières exagérées qui fleurent l'hypocrisie.

À noter que Derrick préfère utiliser le terme de « lèche-cul ».

Smala :

En arabe : « Le nom de Dieu », « Dieu est avec toi ».

Famille ou bande d'amis qui accompagne quelqu'un. Historiquement, ce mot désignait l'ensemble de la maison.

Synonyme : « Aïe Aïe Aïe, la grosse équipe ! »

Tarba :

Verlan de « Bâtard » mais pour Derrick, c'est « Bâtard » qui est le verlan de « Tarba ».

Tarma, Termaa :

Mot populaire qui désigne les fesses. Peut être utilisé pour désigner quelqu'un de particulièrement chanceux. Le tarma de Jürgen étant le lieu de stockage des objets préférés de Derrick !

Thé Narnar :

Thé à la menthe.

Exemple : « Passe à la casbah qu'on se fasse un bon narnar ! »

Zarma :

Mot berbère qui signifie « Soi-disant » ou « Genre ».

Exemples :

« Zarma ! À moi tu vas me prendre ma place de parking ?! »

« Zarma ! Toi avec ta tête de chbeb, t'es sorti avec Beyonce !? »

Zen :

« Nez » en verlan. Plus gros complexe de Derrick qui se l'est fait refaire.

La Playlist à Derrick

- *Est-ce que tu viens pour les vacances ?* – David & Jonathan
- *Les filles de mon pays* – Enrico Macias
- *Tellement je t'aime* – Faudel
- *Gitano* – Kendji Girac
- *J'irais bien refaire un tour du côté des Sœurs Strudel* – Dave

DERRICK-COLOR

L'inspecteur Derrick enquète dans le milieu du cirque.
Pour passer inaperçu dans le public, il s'est habilement camouflé.
Son stratagème va t-il réussir?....
Colorie cette scène au suspens insoutenable...

Qui est-ce ?

Retrouve qui est qui :

Jürgen •	• Stagiaire de Derrick
Ursula •	• Sœur Kruger
Chouchana •	• Femme de Jürgen
Henrik •	• Sœur Kruger
Rebecca •	• Femme de Derrick
Angela •	• Fidèle lieutenant de Derrick
Kruger •	• Frère de Derrick
Hans •	• Comptable de la police
Ursula •	• Fille de Derrick
Ullrich •	• Policier écrasé par Derrick

Réponse : Jürgen : fidèle lieutenant de Derrick/ Ursula : femme de Derrick/ Chouchana : fille de Derrick/ Henrik : sœur Kruger/ Rebecca sœur Kruger/ Angela : stagiaire de Derrick/ Kruger : comptable de la police/ Hans : frère de Derrick/ Ursula : femme de Jürgen/ Ullrich : policier écrasé par Derrick

LES SEPT ERREURS

**La BM de Derrick est en réparation.
Heureusement, le gentil garagiste lui a prêté un autre véhicule afin qu'il puisse continuer sa mission de justice à la poursuite des criminels, des violeurs et des trafiquants de merguez made in China.
Mais là encore, notre dessinateur a fait 7 erreurs en recopiant son dessin! la con de lui ! Que son zob se couvre de pustules purulentes qui le démangent jusqu'au Jugement dernier !!!**

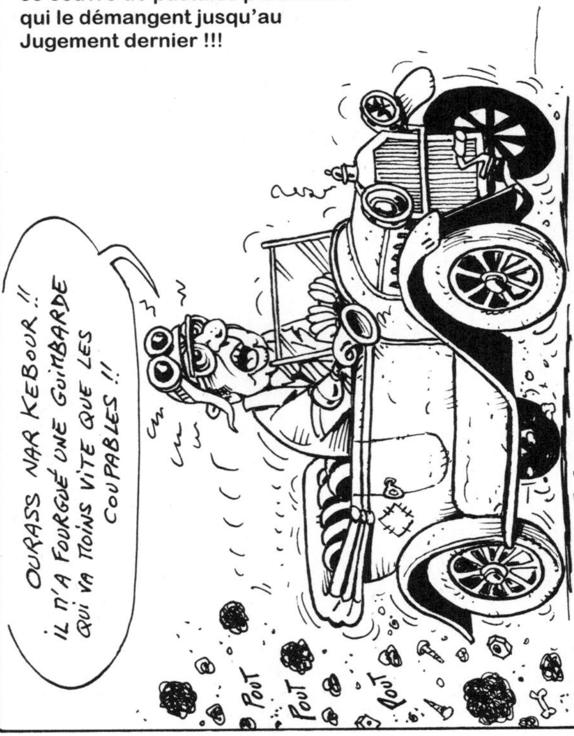

OURASS NAR KEBOUR !!
IL M'A FOURGUÉ UNE GUIMBARDE
QUI VA MOINS VITE QUE LES
COUPABLES !!
POUT
POUT
POUT

LABYRINTHE

L'inspecteur Derrick a la chiasse pour avoir mangé trop de boulettes.
Peux-tu l'aider à trouver le chemin des toilettes avant qu'il n'emboucanne son froc?

Le jeu de l'intrus

Parmi ces prénoms, retrouve l'intrus :

- Ursula
- Rebecca
- Angela
- Hanecke
- Gretel

Réponse : Ursula qui est la seule à avoir cédé aux avances de Derrick.

Qui suis-je ?

J'exerce le même métier que l'inspecteur Derrick, comme lui, je porte aussi des imperméables et comme lui j'adore ma femme ! Seule différence, je gagne 5 fois plus… qui suis-je ?

Réponse : Columbo

D4529873
BUNDESREPUBLIK DEUTSCHLAND
CARTE DE POLICE
COMMISSARIAT DE STUTTGART
NOM
DERRICK
PRENOM
QU'EST-CE QUE CA PEUT TE FOUTRE?
DATE DE NAISSANCE
12.02.1902
NATIONALITE
ALLEMANDE
SIGNE PARTICULIER
J'AI LA PLUS BELLE BM DU PARKING
SIGNATURE
Veuillez agréer la con de vos sacs.
Derrick

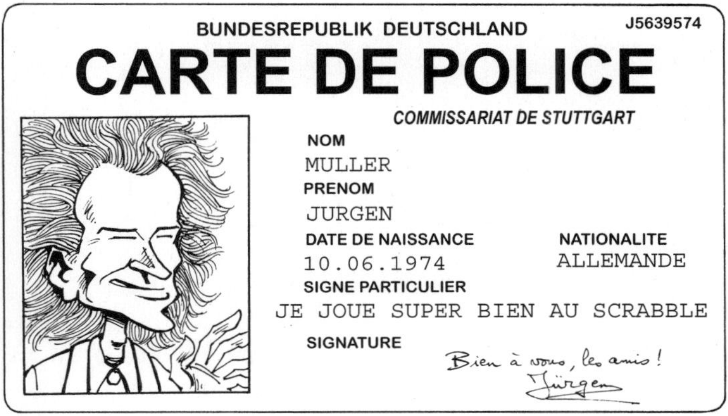
BUNDESREPUBLIK DEUTSCHLAND
J5639574
CARTE DE POLICE
COMMISSARIAT DE STUTTGART
NOM
MULLER
PRENOM
JURGEN
DATE DE NAISSANCE
10.06.1974
NATIONALITE
ALLEMANDE
SIGNE PARTICULIER
JE JOUE SUPER BIEN AU SCRABBLE
SIGNATURE
Bien à vous, les amis !
Jürgen

Les Toc Toc préférés à Derrick

— Toc Toc Toc !
— Qui est là ?
— C'est Ève !
— Ève qui ?
— Ève, lève-toi et danse avec la vie, l'écho de ta voix est venu jusqu'à moi…

Julie Pietri – *Ève, lève-toi*

– Toc Toc Toc !
– Qui est là ?
– C'est Raquel !
– Raquel qui ?
– Raquel sont jolies les filles de mon pays ! Laï laï laï laï laï...

Enrico Macias - *Les Filles de mon pays*

– Toc Toc Toc !
– Qui est là ?
– C'est Aziz !
– Aziz qui ?
– Aziz-a ! Je te veux si tu veux de moi !

Daniel Balavoine – *L'Aziza*

La musique de Chbeb selon Derrick

- Christine and the Queens : « J'pige rien aux paroles. »
- Daft Punk : « Des mecs en casque, c'est chelou ! »
- Maître Gim's & Booba : « Parce que Chouchana, elle les adore ! »
- Julien Doré : « J'kiffe pas les mecs aux cheveux longs. »
- Nolwenn Leroy : « Marre des chants bretons ! »
- Vincent Delerm : « La vérité, j'ai toujours l'impression que c'est Alice Sapritch qui chante avant de se tirer une balle ! »

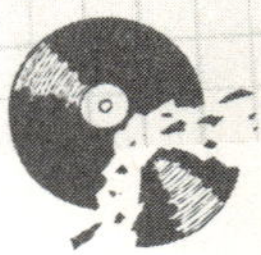

POINTS A RELIER

Après une rude journée de travail, rien de tel qu'un bon moment de détente que Derrick n'hésite pas à partager avec son fidèle adjoint dans une chaude et virile ambiance de camaraderie.
Allez, magne-toi le cul pour relier les points de 1 à 43 !

Derrick géographe

Classe ces villes du Nord au Sud.

- Deauville
- Dortmund
- Stuttgart
- Marrakech
- Hammamet
- Saint-Tropez

Réponse : Dortmund/ Deauville/ Stuttgart/ Saint-Tropez/ Hammamet/ Marrakech

LES POINTS A RELIER

Comme tout le monde, notre ami Derrick a besoin de décompresser entre deux enquêtes.
Mais quel "truc" utilise-t-il pour paraître toujours jeune et sémillant ?...
Pour le savoir, relie les points de 1 à 65...

Le traducteur Derrick

Mets-toi dans la peau de l'inspecteur Derrick et traduis ces phrases pour parler comme lui :

- C'est incroyable ce que je vois là !

  ➜ Non mais tu le vis ou pas ?

- Les conditions commerciales qu'ils me proposent ne sont guère acceptables

  ➜ Ils veulent ma montre aussi, ces chbebs !

- Laisse-moi gérer cette affaire tout seul.

  ➜ Occupe-toi de ton cul !

- Tu vas finir par me faire sortir de mes gonds.

  ➜ Mes mains, je les mets un peu où je veux et c'est souvent dans des gueules comme la tienne !

- Tais-toi !

  ➜ La race de la putain de ta race !

- Chouchana, je ne pense pas que prendre une année sabbatique soit une bonne idée !

  ➜ Chouch ! Ma fille ! Tu ne vas pas vendre des falafels rue des Rosiers !

- Je n'ai vraiment pas le moral, j'suis à deux doigts de la dépression.

  ➜ La vérité, je vais finir par me faire une Mike Brant !

DERRICK-COLOR-QUIZZZ

Colorie cette photo et devine si elle a été prise pour :

A: Le mariage de Derrick et Ursula.
B: La bar-mitzvah de Derrick.
C: Derrick et Ursula au bal costumé de la police de Munich.
D: Les obsèques du papa de Derrick.
E: Derrick et Ursula chez Michou.
F: Derrick et Ursula à la fête annuelle de la boulette de Sidi Bouzid.

Derrick sait parler aux femmes

Retrouve le petit mot aimable adressé à chacune :

Ma beauté	•	•	Hanecke
Ma Princesse	•	•	La DRH
Ma Merveille	•	•	Rebecca
Le Tromblon	•	•	Chouchana

Réponse : Ma beauté – Rebecca/ Ma Princesse – Chouchana/ Ma merveille – Hanecke/ La DRH – La Tromblon

LES SEPT ERREURS

Peu de gens le savent, mais l'inspecteur Derrick possède le don de charmer les merguez, spectacle insolite dont il n'hésite pas à régaler ses amis lors de mémorables couscous-parties.
Mais, une fois de plus, notre @☆# de dessinateur à la con (que les flammes de l'Enfer lui crament les poils du zgeg jusqu'à la fin de l'éternité !) a commis 7 erreurs en recopiant son dessin...
À toi de les retrouver, et fissa, la putain de toi !!!

SIDI
BRAHIM

Les voitures préférées à Derrick

- BMW Série 7 noire, intérieur cuir noir
- BMW Série 7 noire, intérieur cuir beige
- BMW Série 7 noire, intérieur cuir marron
- BMW Série 7 noire, intérieur cuir rouge
- BMW Série 7 noire, intérieur cuir blanc, même si c'est plus salissant

LES POINTS À RELIER

Une fois de plus, le tueur fou a encore frappé ! Mais Derrick veille et, même si sa BM est encore au garage, tous les moyens de locomotion sont bons pour poursuivre et arrêter les criminels. Alors relie les points de 1 à 40, et bouge-toi un peu le cul, espèce de chbeb!!

Les montres préférées à Derrick

- Rolex Oyster Date Gold
- Rolex Datejust Infinite Gold
- Rolex Sky-Dweller maxi Gold
- Rolex Submariner blue Gold
- Rolex Yacht-Master very Gold
- FlikFlaK à l'effigie d'Angela Merkel

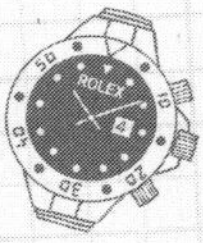

Les Toc Toc préférés à Derrick

– Toc Toc Toc !
– Qui est là ?
– C'est Guy !
– Guy qui ?
– Guy a le droit, qui a le droit de faire ça, à des enfants...

Patrick Bruel – *Qui a le droit ?*

– TOC TOC TOC !
– QUI EST LÀ ?
– C'EST JIM !
– JIM QUI ?
– JIM ME LÈVE ET JE TE BOUSCULE, TU N'TE RÉVEILLES PAS, COMME D'HABITUDE...

Claude François – *Comme d'habitude*

Les sonneries du téléphone

Derrick a programmé son téléphone pour ne pas se faire piéger. Retrouve à qui appartient chaque sonnerie !

- Chouchana
- Ursula, sa femme
- Jürgen
- Ursula, la femme de Jürgen
- Les sœurs Strudel
- Helmut

- Stevie Wonder : *Isn't she lovely ?*
- France Gall : *Si maman si*
- Claude François : *Viens à la maison*
- Georges Brassens : *L'Auvergnat*
- Compagnie Créole : *C'est bon pour le moral !*
- Claude Barzotti : Je *suis rital et je le reste*

Réponse : Chouchana – Stevie Wonder/ Ursula, sa femme – France Gall/ Ursula, la femme de Jürgen – Claude François/ Jürgen – Georges Brassens/ Les sœurs Strudel – Compagnie Créole/ Helmut – Claude Barzotti.

TEXTE SECRET

Que dit l'inspecteur Derrick à son fidèle adjoint Jürgen ?... Pour le savoir, déchiffre son texte à l'aide du code secret en bas de la page !

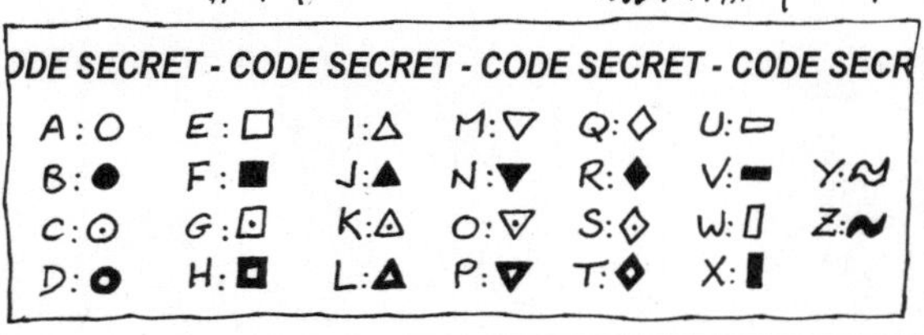

ebay | Rechercher... | Toutes les catégories ▾ | Rechercher

Catégorie de mise en vente: Auto, moto > Autos

BMW série Z année 75 à Derrick, la con d'ta race!

Etat: **Occasion**

Temps restant: 4j 21h et des poussières, mon fils!

9 000,00 EUR 0 enchères

Saisir votre enchère maximum

Enchérir

- Ajouter à votre liste d'Affaires à suivre
- Ajouter à la collection

Détails sur le vendeur

loukoum69 (7)

100% d'évaluations positives! Champion du Monde, mon fils!!!!!

Afficher les autres objets

Vends très belle BMW. 319000km. Très peu servi. Sur la vie d'ma mère, c'est cadeau! Intérieur mi-cuir, mi-tissu, michoui. Revêtement intégral Château d'Ax. Moteur turbo diesel sport sans direction assistée (faut pas déconner non plus). Si l'essence est trop chère, marche aussi à l'harissa.

Jantes hallu (genre tu les vois, t'hallucines!). Petit chien qui bouge la tête à l'arrière. Prix pas à débattre, mais on peut s'arranger: 50% au black, 50% en liquide. N'appelez pas moi, appelez Jürgen, c'est lui qui gère. (NB: La voiture seule est à vendre, pas le Chippendale. Ou alors, envoie ta photo avec tes mensurations et on voit si on peut s'arranger, ma beauté!!!)

Charade

Mon premier est le prénom d'un des fils de Diana

Mon second est un adjectif possessif

Mon tout épice le couscous de Derrick

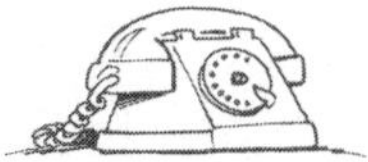

Réponse : Harry/Sa (Harissa)

LES COIFFURES DE JURGEN.

Comme vous le savez, Jürgen, le fidèle adjoint de Derrick, est un homme coquet, particulièrement soucieux de se coiffer avec élégance et bon goût pour plaire à ses admirateurs (et à son patron). Aussi, la production de Derrick organise un grand referendum: Envoie le numéro de la coiffure que tu préfères et les 12 qui auront le plus de succès seront retenues pour les prochains épisodes.

Les lieux de vacances préférés à Derrick

- Hammamet
- Marrakech
- Saint-Tropez
- Deauville
- Ouarzazate
- Courchevel

Mais surtout pas Ibiza, y'a trop de Chbebs !

Charade

Mon premier est souvent à la crème
Mon deuxième est un animal à poils
Mon troisième est la moitié d'une princesse
Mon tout est ma merveille !

Réponse : Chou/chat/na(na) -> Chouchana

Le carnet de Chouchana

Les résultats scolaires de Chouchana inquiètent Derrick.

Sauras-tu lui attribuer ses notes ?

Mathématiques	•	•	0
Sciences naturelles	•	•	17
Anglais	•	•	2
Cuisine	•	•	4

Réponse : Mathématiques 4/ Sciences naturelles 2/ Anglais 0/ Cuisine 17

LYCEE GENERAL FRANZ BECKENBAUER 32, rue de la Nuit de Cristal STUTTGART		
BULLETIN DE NOTES TRIMESTRIEL		
Nom: Derrick Prénom: Chouchana Age: 19 ans Classe: Seconde B		
Matière	Note	Observation du professeur
Allemand	11	Bonne maîtrise de la langue, mais n'a toujours pas intégré que "jBeb" n'est pas de l'allemand.
Mathématiques	4	Compte encore sur ses doigts (sauf quand les ongles ne sont pas secs !). Doit cesser de faire faire ses devoirs par un certain Jürgen.
Biologie	2	POSSÈDE UN QI D'AMIBE : PASSE LE COURS À CHERCHER L'ASSASSIN DE LA GRENOUILLE AU LIEU DE LA DISSÉQUER.
Français	6 ½	Bof...

Histoire - Géographie	3	Pour la 1000e fois, Chouchana doit comprendre que l'inspecteur Derrick n'est pas un personnage historique !!! @#$*!!!
Anglais	0	Ignore absolument tout, jusqu'à l'existence de l'Angleterre !
Philosophie	3	Doit absolument cesser de citer Booba à tout propos dans ses dissertations
Sport	14	En nets progrès ! Ses performances au 100m prouvent visiblement qu'elle ne tient pas tout de son père.
Maquillage de cagole	19½	Ecsélante éllève, studieuze ét aplikée. Bravot, je te féllissites, Chouchana.

Appréciation générale.

Mr Martin Borman, professeur principal:

Chouchana a tendance à confondre la seconde avec la marche arrière !

MB

Signature des parents:

Derrick

La DVDthèque à Derrick

- *La vérité si je mens 1, 2 & 3* – coffret collector et le 4 y'a que Derrick qui l'a vu !
- *Le Grand Pardon* – Version chbebs sous-titrée
- *Les Aventures de Rabbi Jacob* – Dolby surround
- *Comme t'y es belle !*

... Sans oublier

Le Pacte des loups ! *

* Le DVD alibi-Derrick :
« Quand Jürgen m'a chopé avec sa femme, je lui ai dit que j'étais passé chez lui pour lui prendre ce DVD, il a marché ce con, ahahah !!! »

Derrick le séducteur

Ces filles ont toutes refusé les avances de Derrick, retrouve avec quel mot elles ont éconduit le célèbre inspecteur :

Angela	•	•	Macache !
Ursula	•	•	Nikoumouk !
Hanecke	•	•	Non !
Gretel	•	•	Oualou !

Réponse : Angela : Non !/ Ursula : Oualou !/ Hanecke : Macach !/ Gretel : Nikoumouk !

OMBRES CHINOISES

"Allô ma beauté, c'est Derrick !"
Cette phrase culte, octosyllabe sublime et poignant prononcé par une voix de stentor reconnaissable entre mille, a déjà conquis ses lettres de noblesse au firmament du panthéon des séries télévisées et, consécration suprême, elle devrait être bientôt classée par l'UNESCO au patrimoine de l'Humanité. En attendant ce jour faste, peux-tu trouver, parmi les 8 proposées, la seule ombre absolument identique à celle de Derrick au téléphone ?...

4
5
6
7
8

Le vol de la BM

Pour retrouver la voiture de Derrick, tout le monde est sur le coup.

Tout le monde sauf…

- Le FBI
- Le GIGN
- Les Occasions du Lion

Réponse : Les Occasions du Lion

DERRICK-COLOR

Colorie cette scène sublime dans laquelle l'inspecteur Derrick fait une nouvelle fois montre de son légendaire don d'observation et de déduction.

Charade

Mon premier est le bruit du train

Mon second est ce qu'on dit de Jürgen

Mon tout est un des plats préférés de Derrick

Réponse : Tchou-tchou/
Cas -> Tchouchouka

Les insultes préférées à Derrick

- « Va te faire cuire le cul ! »
- « Con de ta race ! »
- « Occupe-toi de ton cul ! »
- « J'vais t'arracher les couilles et les faire cuire avec la graisse de ton cul ! »

LES POINTS À RELIER

Mais pourquoi donc Derrick tance-t-il vertement son fidèle adjoint Jürgen ?... Pour le savoir, relie les points de 1 à 53.

Derrick DJ

Derrick aime la musique. Pour chaque occasion, il sait choisir ses tubes ! Aide-le à ranger sa discothèque…

- Rendez-vous avec sa femme
- Rendez-vous avec Rebecca
- Rendez-vous avec Gertrude
- Rendez-vous avec Hanecke
- Rendez-vous avec les sœurs Strudel

- Rika Zaraï – *Sans chemise, sans pantalon*
- Jackie Quartz – *Juste une mise au point*
- Cookie Dingler – *Femme libérée*
- Niagara – *L'Amour à la plage*
- Richard Cocciante – *Le Coup de soleil*

Réponse : avec les sœurs Strudel – Rika Zaraï/ avec sa femme – Jackie Quartz/ avec Rebecca – Cookie Dingler/ avec Gertrude – Niagara/ avec Hanecke – Richard Cocciante

CHOUCHANA-QUIZZZ

L'inspecteur Derrick n'a désormais plus de secrets pour toi.
Mais connais-tu bien sa charmante fille ?...
Pour le savoir, réponds aux questions suivantes:

1- La fille de Derrick est née : A- à Sidi Bouzid. B- à Ouagadougou. C- à Oulan Bator. D- à Buchenwald.

2- La fille de Derrick se prénomme : A- Ségolène. B- Chouchana. C- Helmut. D- Youki.

3- La fille de Derrick pèse : A- 130 kilos. B- 286,6 livres. C- 15,29 lispund. D- 0,72 koku.

4- La fille de Derrick suit un régime : A- de bananes casher. B- totalitaire casher. C- de boulettes et merguez casher. D- sans gluten casher.

5- La fille de Derrick aime : A- visiter les musées d'art moderne. B- écouter de la musique dodécaphonique. C- étudier la mécanique quantique. D- acheter des bijoux de cagole.

Derrick voyage

Derrick est en sinistre ! Ça fait bientôt trois semaines qu'il n'a pas pris de vacances et il souhaite s'évader au soleil… Aide-le à trouver quelles sont les 2 villes les plus proches et les 2 villes les plus éloignées.

Munich – Hammamet

Stuttgart – Saint-Tropez

Munich – Marrakech

Stuttgart – Deauville

Dortmund – Marrakech

Réponse : Plus proches : Stuttgart – Deauville/
Plus éloignées : Munich – Marakech

LOOK DU PARFAIT DERRICK POUR ÊTRE

AU TOP DU TOP ET PÉCHO DE LA GAZELLE

1. Eau de toilette Hugo Boss Bottled Night 100 ml. 79 euros.
   "Je l'appelle LA BOISSON DES DIEUX, *sauf que ça ne se boit pas. Je sens tellement bon que je pourrais me pécho moi-même…"*
2. Coupe de cheveux plaqués de chez DESSANGE. Gel fixation forte 125 ml. 19 euros. Avec supplément Pento Extrême Glue JEAN-LOUIS DAVID. 150 ml. 14 euros.
   "Avec ça, la coupe elle bouge plus, même quand tu roules en BM avec la vitre ouverte."
3. Lunettes RAY-BAN Aviator Classic, verres fumés. 139 euros.
   "Idéales pour mater des tarmas sans être grillé !"
4. Imperméable BURTON OF LONDON, trench long ceinturé. 229 euros.
   "Ne pas confondre avec celui de Columbo, qu'il achète chez C&A, ce chbeb !"
5. Montre ROLEX Sky Dweller en or 18 carats. 42 600 euros.
   "À l'époque, je l'avais payée 5 000 deutsch Marks !!! Avec ça, t'es à l'heure et t'es au top !"
6. Cravate HERMÈS Résistor. 100 % soie. 155 euros.
7. Chaîne en or CARTIER. Maillon forçat Spartacus. 6 400 euros.
   "Allez chez Bensoussan-Or de ma part, vous aurez 50 %."
8. Gilet WE FASHION Dali New. 39,99 euros.
9. Pantalon ARMANI. Coupe basique en velours. 200 euros.
10. Chaussures WESTON Derby demi-chasse, taille 43. 630 euros.
    "En vrai, je fais du 42, mais j'ai des cors aux pieds…"

Charade

Le serpent fait mon premier

Mon second est synonyme de déboîte !

Mon tout est la ville où travaille Derrick

Réponse : Mue/Nique (Munich)

Les voitures qui mettent l'ahchouma à Derrick

- La Citroën BX de Jürgen
- La Lada beige d'Henrik
- La Polo match verte de Rebecca
- La Ford Ka d'Helmut
- La Peugeot 504 blanche de son frère

Charade

Mon premier est un animal brun ou blanc

Mon deuxième est la 21e lettre de l'alphabet

Mon troisième accorde tout le monde

Mon tout a rendez-vous avec Derrick chaque mardi

Réponse : Ours/U/la (Ursula, femme de Jürgen)

Souvenir de Stuttgart
LES LIEUX CULTES DE DERRICK
LE "PAPAGAYO" (4 rue Bismarck) Ma boîte de nuit préférée (et la seule où on me laisse encore entrer) Super musique: du Raï'n'Zouk. Essayez le "Sex on the chbeb", mon cocktail préféré qui déchire sa race (3 doses de vodka, 1 doigt d'harissa)
CLINIQUE DE LA FORET NOIRE (97 avenue Wagner). Mon excellent ami le docteur Abitbol (spécialiste mondial de chirurgie esthétique) m'y a opéré. Je lui avais demandé le nez de George Clooney. GEORGE CLOONEY, ABITBOL CON DE TOI, PAS BOZO LE CLOWN !!!!!
URGENCES
GYMNASIU
FRANZ BEC
LYCEE FRANZ BECKENBAUER (32 rue de la Nuit de Walpurgis). Ma charmante fille Chouchana y poursuit de brillantes études qui courent plus vite qu'elle. J'y ai moi-même été élève avant de rejoindre l'école de police de la Rhur.
LE "PASCHA HAMMAM" (6 square Horst Tappert) Mon jardin secret. C'est là que je vais pécho et, c'est pas pour me vanter, mais ça marche à chaque fois !
MA MAISON

Les mots doux préférés à Derrick

- Ma princesse
- Mon petit makroud
- Mon falafel au miel
- Ma beauté de Marrakech
- Ma beauté des îles
- Ma boulette (makroud, harissa...)

Quiz

1. De quelle couleur est la BMW Série 7 noire de Derrick ?

❑ Noire

❑ Marron

❑ Blanche

❑ On s'en fout, c'est une BM

2. À qui Derrick tente-t-il de revendre son magnifique canapé à fleurs ?

❑ Hans

❑ Helmut

❑ Valérie Damidot

❑ Heinrich

3. Quel est le nom de l'agence de voyages chez qui Derrick achète ses voyages ?

❑ Havas Voyages

❑ Thomas Cook

❑ Orient Air

❑ Arnaque Express

4. Avant de devenir le présentateur que l'on connaît, Benjamin Castaldi exerçait un autre métier, lequel ?

❑ Charcutier

❑ Jongleur

❑ Inspecteur

❑ Magicien

5. Quel moyen de transport inattendu Derrick prend-il pour relier Munich à Hammamet ?

❑ Une BMW Série 7 blanche

❑ Un jet privé

❑ Un Vélib

❑ Un train

6. Quel tarif demande Derrick à son agence de voyages ?

❑ Tarif étudiant

❑ Tarif senior

❑ Tarif famille nombreuse

❑ Tarif Oualou

7. De quel métier Derrick rêve-t-il pour sa fille Chouchana ?

❑ Esthéticienne

❑ Magicienne

❑ Péripatéticienne

❑ Obstétricienne

8. Quel(s) chanteur(s) Derrick a-t-il invité pour la bar-mitzva de son fils ?

❑ Pierre Bachelet

❑ Christophe Maé

❑ Enrico Macias

❑ Kendji Girac

9. **Quelle est la radio préférée de Derrick ?**

- ❑ Virgin Radio Tunis
- ❑ Rai'n Stuttgart
- ❑ Munich FM
- ❑ Boulettes Radio

10. **Quel surnom donne Derrick à un des sbires du chef comptable ?**

- ❑ Elton John
- ❑ Patrick Balkany
- ❑ Droopy
- ❑ Nabilla

11. Quelle chanson passe dans la boîte de nuit où Derrick est allé après le travail avec Jürgen ?

- ❏ France Gall « Évidemment »
- ❏ Niagara « L'amour à la plage »
- ❏ Début de soirée « Nuit de folie »
- ❏ Rika Zaraï « Sans chemise, sans pantalon »

12. Quel soin apaisant Derrick conseille-t-il à Jürgen ?

- ❏ Tube de Harissa
- ❏ Lait concentré
- ❏ Mayonnaise de Dijon
- ❏ Biafine

13. Quel chanteur entend-on sur Rai'n'Stuttgart ?

- ❑ Christophe Maé
- ❑ Enrico Macias
- ❑ Faudel
- ❑ Robin Thicke

14. À qui Derrick rêve-t-il de ressembler ?

- ❑ George Clooney dans Nespresso
- ❑ Johnny Hallyday dans Optic 2000
- ❑ Roger Hanin dans Audika
- ❑ Omar Sharif dans le tiercé

15. Quel collègue de Derrick est soupçonné d'avoir niqué Rebecca ?

- ❑ Thierry Moreau
- ❑ Navarro
- ❑ Columbo
- ❑ Julie Lescaut

16. Quel est le lien de parenté entre Jürgen et le responsable du parking ?

- ❑ Père-fils
- ❑ Frères-jumeaux
- ❑ Beaux-frères
- ❑ Aucun, c'est juste tous les deux des chbebs

17. **Lors de sa visite à Princeton, qui accueille Derrick ?**

- ❑ Nicolas Sarkozy
- ❑ Arnaud Montebourg
- ❑ Paris Hilton
- ❑ Bertrand Renard

18. **Qu'a fait le stagiaire ?**

- ❑ Il a vidé entièrement les bureaux
- ❑ Il a bouché les toilettes
- ❑ Il a appelé Columbo
- ❑ Il a rayé la BM de Derrick

19. Auprès de quelle compagnie Derrick est-il assuré ?

- ❏ MMA
- ❏ Aziza
- ❏ Allianz
- ❏ La Compagnie créole

20. Où Chouchana confond-elle la seconde avec la marche arrière ?

- ❏ À l'école
- ❏ À l'auto-école
- ❏ À l'école des champions
- ❏ À Poudlard

21. **Où Derrick a-t-il passé une grande partie de son été ?**

- ❑ Saint-Tropez
- ❑ Hammamet
- ❑ Courchevel
- ❑ Francfort

22. **Quelles noces Derrick fête-t-il avec sa femme ?**

- ❑ Noces de coton
- ❑ Noces de Narnar
- ❑ Noces de diamant
- ❑ Noces de Harissa

23. Dans quelle rue est situé le garage du cousin de Derrick ?

- ❑ Rue d'Aboukir
- ❑ Rue de la Nativité
- ❑ Place des Grands-Hommes
- ❑ Impasse Charles-de-Gaulle

24. Quelle est la durée du voyage en train entre Munich et Hammamet ?

- ❑ 5 heures
- ❑ 9 heures
- ❑ 19 heures
- ❑ Makache avec la BM

25. Qu'a vendu Derrick au docteur Abitbol ?

❑ Un rein parce qu'il en avait deux

❑ Une voiture

❑ Un canapé

❑ Une coque iPhone

26. Lors de sa visite à Princeton, Derrick rencontre :

❑ Le fils de Nicolas Sarkozy

❑ La mère d'Angela Merkel

❑ La fille de Valérie Bénaïm

❑ Le père Fouras

27. Qui écrase Hans ?

- ❑ Aucune idée, j'suis pas une balance
- ❑ Derrick avec sa magnifique BMW Série 7 noire
- ❑ Jürgen
- ❑ Chouchana

28. Combien de crimes Derrick et Jürgen ont-ils résolu en cinq ans ?

- ❑ 1
- ❑ 10
- ❑ 20
- ❑ 0, ils n'ont pas que ça à foutre

29. En quelle classe est Chouchana ?

- ❏ Troisième
- ❏ Cap coiffure
- ❏ HEC : Haute École de Chouch
- ❏ Seconde générale

30. Quelle émission de télévision est malencontreusement enregistrée sur les bandes de surveillance du parking ?

- ❏ *Touche pas à mon poste*
- ❏ *Le Jour du seigneur*
- ❏ *Téléfoot*
- ❏ *Le Journal du hard*

31. Quelle est la marque de canapé favorite de Derrick ?

- ❑ Steiner
- ❑ Château d'Ax
- ❑ Cinna
- ❑ Saint Makroud

32. Quel membre de la grosse équipe appelle la hot-line Internet ?

- ❑ Jürgen
- ❑ Helmut
- ❑ Frantz
- ❑ Guerard Struder

33. **Dans quelle rue Derrick ne veut-il pas que sa fille aille vendre des falafels ?**

- ❑ Rue des Rosiers
- ❑ Boulevard Brune
- ❑ Rue Pigalle
- ❑ Dans le tarma de Jürgen

34. **Quelle pizza commande Derrick ?**

- ❑ Régina sauce Tchouchouka
- ❑ Calzone supplément harissa
- ❑ Oriental boulettes
- ❑ Il est pas très pizza, il préfère les sushis

35. Quelle est la spécialité du docteur Abitbol ?

- ❏ Rhinoplastie
- ❏ Obstétrique
- ❏ Dermatologie
- ❏ Proctologie

36. Où le docteur Abitbol a-t-il passé ses vacances ?

- ❏ Marrakech
- ❏ Saint-Tropez
- ❏ Genève
- ❏ Dans le tarma de Jürgen

37. Que porte le tueur ?

- ❑ Un bouc
- ❑ Toute la misère du monde
- ❑ La culotte
- ❑ Une moustache de chbeb

38. Quel est le prix de l'abonnement Internet de Derrick ?

- ❑ 9,99 deutsche Marks
- ❑ 19,99 deutsche Marks
- ❑ 29,99 deutsche Marks
- ❑ Quoi qu'il arrive, c'est trop cher pour Derrick

39. **Qui dénonce Cyril auprès de Derrick ?**

❑ Patoche

❑ Laurent Ruquier

❑ Jean-Marc Morandini

❑ Pedro

40. **Qui conseille à Derrick de demander une augmentation ?**

❑ Sa femme

❑ Jürgen

❑ Chouchana

❑ Son banquier

41. **Quel est le montant du pourboire que laisse Derrick à la dame-pipi ?**

- ❑ 1 deutsche Mark
- ❑ 10 deutsche Marks
- ❑ Oualou
- ❑ 5 deutsche Marks

42. **À quel étage sont installés les bureaux de Derrick ?**

- ❑ Rez-de-chaussée
- ❑ 1er
- ❑ 4e
- ❑ Au dernier étage : Derrick, il veut le top !

43. **Quel est le nom de l'hôtel dans lequel descend Derrick à Deauville ?**

- ❑ L'Hermitage
- ❑ L'Americano
- ❑ Tokyo Hotel
- ❑ Le Formule 0 encore moins cher que le Formule 1

44. **Quel DVD Derrick est-il venu emprunter chez Jürgen ?**

- ❑ *Le Pacte des loups*
- ❑ *La vérité si je mens 2*
- ❑ *Le Grand Pardon*
- ❑ *Comme t'y es belle !*

45. Dans quelle voiture roule Jürgen ?

- ❑ Citroën BX
- ❑ Golf Passat
- ❑ Golf Edition Rachid Taha
- ❑ Audi A3 Quattro

46. Quel est le jour de la semaine choisi par Derrick pour déboîter la femme de Jürgen ?

- ❑ Lundi
- ❑ Mardi
- ❑ Vendredi (Ah non, vendredi c'est shabbat)
- ❑ Samedi

47. **Quelle voiture Derrick a-t-il offerte à Chouchana ?**

- ❏ Mini Cooper
- ❏ Peugeot 108
- ❏ Fiat Punto
- ❏ Alfa Mito

48. **Quelle est l'émission préférée que Derrick ne raterait pour rien au monde ?**

- ❏ Koh Lanta
- ❏ L'Allemagne a un incroyable talent
- ❏ L'Heure de vérité
- ❏ Là où je t'emmenerai avec ma BM

49. **Quel âge prétend avoir Derrick quand il tente de séduire deux jeunes étudiantes ?**

- ❏ 29
- ❏ 18
- ❏ 45
- ❏ 267

50. **De quel instrument joue Derrick ?**

- ❏ Djembé
- ❏ Saxophone
- ❏ Piano
- ❏ Sirtaki

RÉPONSES

1. Noire/ 2. Helmut/ 3. Thomas Cook/ 4. Magicien/ 5. Un train/ 6. Tarif étudiant/ 7. Obstétricienne/ 8. Christophe Mahé & Enrico Macias/ 9. Rai'n Stuttgart/ 10. Elton John/ 11. Début de soirée « Nuit de folie »/ 12. Tube de harissa/ 13. Faudel/ 14. Georges Clooney dans Nespresso/ 15. Navarro/ 16. Beaux-frères/ 17. Bertrand Renard/ 18. Il a vidé entièrement les bureaux/ 19. MMA/ 20. À l'école/ 21. Hammamet/ 22. Noces de harissa/ 23. Rue d'Aboukir/ 24. 19 heures/ 25. Une coque iPhone/ 26. La fille de Valérie Bénaïm/ 27. Jürgen/ 28. 1/ 29. Seconde générale/ 30. Téléfoot/ 31. Château d'Ax/ 32. Frantz/ 33. Rue des Rosiers/ 34. Régina sauce Tchouchouka/ 35. Rhinoplastie/ 36. Marrakech/ 37. Un bouc/ 38. 9,9 DM/ 39. Patoche/ 40. Sa femme/ 41. 5 DM/ 42. 4ème /43. Tokyo Hôtel/ 44. Le Pacte des loups/ 45. Citroën BX/ 46. Mardi/ 47. Mini Cooper/ 48. Koh Lanta/ 49. 29 ans/ 50. Djembé

• **Moins de 10 bonnes réponses**
Con de ta race ! Tu es vraiment l'ahchouma de ton quartier. Tu ferais mieux de retourner chez ta mère pour mater un peu plus sérieusement les aventures de Derrick.

• **Moins de 20 bonnes réponses**
C'est pas Broadway mais j'te laisse laver ma BM.

• **Au moins 30 bonnes réponses**
Ah ma merveille, tu me fais plaisir !
La vérité, on peut compter sur toi, j'te réserve une table à la bar-mitzva du petit.

• **Plus de 40 bonnes réponses**
Mon ami : T'es un vrai crack ! Le champion du monde de Derrick, c'est toi !

LES OMBRES CHINOISES

Tous les soirs, en rentrant du boulot, Derrick sort Loukoum pour sa promenade et ses besoins. Pendant ce temps, Ursula prépare le repas et Chouchana révise sa leçon de maquillage car elle veut avoir une bonne moyenne sur son bulletin, activités simples et banales d'une famille comme tout le monde et dont la célébrité n'a pas bouleversé le quotidien...
Bon, pour le principe du jeu, j'explique plus: si t'as toujours pas compris c'est que t'es qu'un chbeb qui a de la semoule à la place des neurones !

2
3
4

RECETTES

Tchoutchouka

(pour 4 personnes :
moi, les sœurs Strudel et Jürgen)

- 3 gros poivrons rouges
- 1 poivron vert
- 1,5 kilo de tomates (ou 2 petites boîtes de tomates pelées)
- 2 oignons
- 2 gousses d'ail
- 1/2 morceau de sucre
- Curcuma, cumin, paprika, ras al hanout
- 3 cuillères à soupe d'huile d'olive
- sel, poivre

Préparation :

- Faire griller les poivrons au four. Faire noircir toute la peau des poivrons. Pendant ce temps, raconter des blagues aux sœurs Strudel.
- Une fois les poivrons tièdes, les peler et les épépiner puis les couper en lamelles ou en dés.
- Peler et couper les tomates en dés. (Mon conseil : le faire faire à Jürgen ou à un autre chaouch.)
- Mettre le tout dans un faitout et ajouter l'ail haché, les oignons coupés en lamelles, les épices, le morceau de sucre et un peu d'huile. Rien que de le lire, la vie de Tata, ça me donne faim !
- Laisser cuire pendant une heure à feu doux jusqu'à réduction. Le temps de virer, pour cartonner, les sœurs Strudel.

Makrout aux dattes

Aussi appelé « mon petit plaisir tunisien »
En tunisien se dit « Mon Chéri »

(pour 6 personnes)

Pour la pâte :

- 400 g de semoule moyenne
- 1/2 bol d'huile
- 100 g de beurre fondu
- 1 verre d'eau tiède
- 1 pincée de sel
- 1 poignée de sucre

Pour la farce :

- 500 g de pâte de dattes
- 4 cuillerées a café d'eau de fleur d'oranger
- 1 cuillère à café de cannelle
- 2 cuillères à soupe d'huile (tournesol ou arachide)
- 1 pot de miel pour la finition

Préparation :

- Mélanger la semoule avec le sel, le sucre, l'huile et le beurre fondu. Laissez poser la préparation pendant 2 heures. Aller faire une sieste ou un bowling (J'adore ça ! J'en ai un dans mon garage.)

- Ajouter petit à petit l'eau jusqu'à ce que la pâte puisse être ramassée en boule. Mélanger le tout afin d'obtenir un long boudin.
- Pour la farce : pétrir la pâte de dattes avec 1 cuillère à café de cannelle et l'eau de fleur d'oranger. Préparer des petits boudins, ni trop fins ni trop gros avec la pâte de dattes.
- Reprendre la préparation de semoule et y creuser une tranchée pour y insérer la farce puis rouler pour le lisser sur toute sa longueur.
- Aplatir légèrement le boudin (il doit garder une forme légèrement ronde sur le dessus) et le découper en losanges.
- Faire frire dans une grande friteuse ou une poêle creuse à petit feu.
- Dorer les deux faces et retirer-les à l'aide d'une écumoire avant de les égoutter.
- Tremper dans du miel chaud et laisser égoutter à nouveau dans une passoire afin d'ôter le surplus de miel.

Si vous n'avez rien compris, descendre chez l'épicier et lui en acheter !

Harissa

Souvent utilisée pour remplir le tarma de mes ennemis

(pour 4 personnes)

- 200 g de piments séchés
- 4 gousses d'ail
- 1/2 verre huile d'olive
- cumin
- sel

Préparation :

- Retirer les graines et les filaments des piments secs. Les tremper dans de l'eau chaude pour qu'ils ramollissent.
- Pour tous les hmars qui se frottent les yeux avant de terminer la recette, faites gaffe : ça peut vous rendre aveugle !
- Éplucher les gousses d'ail. Les broyer dans un mortier avec le cumin et le sel.
- Ajouter les piments ramollis égouttés et réduire le tout en pommade.
- Ajouter l'huile petit à petit en mélangeant au mortier jusqu'à l'obtention d'une pâte homogène.

Meguina

(pour 4 personnes*)

*Ou 40 quand t'as pas faim

- 6 grosses pommes de terre (1 kg environ)
- 6 gros œufs
- 3 carottes
- 1 gros oignon
- 1/2 botte de persil
- une grosse poignée de petits pois
- sel et poivre
- huile d'olive

Préparation :

- Mettre à bouillir pendant 45 min dans une casserole les pommes de terre sans les éplucher. Ajouter l'oignon épluché entier, les carottes épluchées et coupées en petits cubes et la poignée de petits pois.
- Dans un récipient à part, battre les 6 œufs légèrement. Lorsque les pommes de terre sont cuites, retirer la peau et les écraser

avec l'oignon pour en faire une purée.

- Ajouter sel et poivre et mélanger délicatement aux œufs battus.
- Ajouter ensuite au mélange les carottes bouillies et coupées, les petits pois, le sel, le poivre, le persil haché et 3 cuillères à soupe d'huile d'olive.
- Dans une grande poêle, mettre à chauffer 4 cuillères à soupe d'huile d'olive jusqu'à ce qu'elle soit bien chaude. Baisser la puissance de la plaque et verser le mélange délicatement.
- Recouvrir et laisser cuire 5 min à feu doux.
- Après avoir préchauffé le four à 200 °C, enfourner la préparation pendant 1 heure à 180 °C (pour s'assurer que l'omelette est bien cuite, la piquer avec le bout d'un couteau qui doit ressortir sec).
- Sortir l'omelette du four et la démouler au bout de 5 à 10 min en la renversant sur une assiette.
- En résumé : prendre tout ce qui est périmé dan votre frigidaire et le mettre au four !

Boulou (gâteaux secs)

Servent aussi d'absorbeurs en cas d'inondations

(pour 8 personnes*)

* Quand t'es radin, pour 16 personnes ça passe tranquille !

- 3 œufs
- ½ verre d'huile
- 1 jus d'une orange et son zeste
- 2 sachets de vanille
- 2 sachets de levure chimique
- 200 g de sucre
- 500 g de farine tamisée
- 100 g d'amandes
- 150 g de raisins secs
- sel
- graines de sésames pour décorer

Préparation :

- Prélever le zeste d'une demi-orange, la presser puis faire tiédir le jus en y trempant les raisins. Dans un saladier, verser les œufs, le sucre, la levure, la vanille, le zeste haché et l'huile et la levure. Battre au fouet à main pendant 2 min.

- Incorporer la farine jusqu`a ce que la pâte soit consistante, mais pas trop dure.
- Continuer à pétrir à la main pendant 5 min en incorporant les raisins.
- Couvrir avec un torchon propre et laisser reposer 15 à 20 min.
- Préchauffer le four à 180 °C.
- Former deux pains allongés et les badigeonner de jus d'orange.
- Étaler un peu d'huile sur le plan de travail et le saupoudrer de graines de sésame avant d'y rouler les 2 pains.
- Enfourner les boulous pendant 25 min à 180 °C jusqu'à qu'ils soient dorés.

Bon j'vais pas faire zarma, je me suis endormi à la moitié de la recette !

Houmous

Sert aussi de dentifrice et de polish pour la BM

(pour 4 personnes)

- 150 g de pois chiches cuits et égouttés
- 40 g de tahin (crème de sésame)
- jus d'1/2 citron
- 1 cuillère à café d'huile d'olive
- 1 cuillère à soupe de cumin
- 2 gousses d'ail
- 5 pincées de sel
- huile de sésame et paprika (pour le dressage)

Préparation :

- Mettre les pois chiches égouttés dans un mixeur. Mixer légèrement en ajoutant un peu d'eau de cuisson.

- Ajouter le tahin, le jus de citron, l'ail épluché et écrasé au mortier, le cumin et le sel, et continuer de mixer en incorporant l'huile d'olive petit à petit jusqu'à obtenir une texture homogène et blanche.
- Passer la purée de pois chiches au tamis fin pour obtenir une texture veloutée et crémeuse.
- Disposer le houmous dans un bol, le recouvrir de film alimentaire puis le placer au frais.
- Au dernier moment, creuser des sillons avec un couteau et verser un peu d'huile de sésame dedans. Saupoudrer le houmous de paprika fumé.

Si, à la fin, le résultat est moche : c'est que vous avez réussi votre recette !

Boulettes

À ne pas rater bande de chbeb,
c'est mon plat préféré !

(pour 4 personnes ou pour Derrick tout seul)

- 500 g de steak haché
- 1 bouquet de menthe
- 1 bouquet de coriandre
- 2 cuillères à soupe de concentré de tomates
- 1 oignon
- 1 gousse d'ail
- 1 cuillères à soupe d'huile d'olive
- 1 morceau de sucre
- sel, poivre
- farine

Préparation :

• Mélanger la viande hachée avec les feuilles de menthe finement émincées, la moitié de la coriandre ciselée ainsi que l'ail écrasé. Saler, poivrer en ménageant bien le tout.

- Prélever un peu de cette farce et réaliser des boulettes à la main.

Lave-toi les mains avant, espèce de dégueulasse !

- Dans une poêle, faire revenir à feu doux un oignon et une gousse d'ail émincés dans un peu d'huile d'olive.
- Ajouter le concentré de tomates et le reste de coriandre. Quand la préparation est frémissante, déposer délicatement les boulettes de viande et laisser cuire à couvert pendant 25 min environ. Tourner les régulièrement de façon à ce qu'elles soient bien dorées sur les deux faces.
- Ajouter de l'eau si nécessaire et le morceau de sucre pour enlever l'acidité de la sauce tomates.

À table ! J'ai la dalle sa mère !!

Solution du labyrinthe

(page 32)

LABYRINTHE

L'inspecteur Derrick a la chiasse pour avoir mangé trop de boulettes. Peux-tu l'aider à trouver le chemin des toilettes avant qu'il n'emboucanne son froc?...

AAARGH!... Trop Tard! Trouve un pressing pour Derrick, vite!!!

Solutions Jeux-dessins

• Les 7 erreurs pages 6-7 :

1. la flèchette dans le revolver de Derrick
2. la fleur dans la pochette de Derrick
3. la crotte de chien sur le trottoir
4. il manque un bouton sur la veste de Derrick
5. Jürgen a 6 doigts à la main droite
6. il manque les coutures sur le pantalon de Jürgen
7. dans la bulle : « ✱△○ » à la place de main

• Texte secret page 53 :

« La putain de ta mère hier j'ai bouffé des makrouds fourrés à l'harissa je te dis pas le cul de babouin que j'ai ce matin, pire que si je m'étais fait enfiler par un troupeau de hell's angels en rut ! »

• Derrick-Color-Quizzz page 44 :

Toutes les solutions sont bonnes !

• Chouchana-Quizz page 72 :

1. A / 2. B / 3. A-B-C-D / 4. C / 5. D

• **Les ombres chinoises pages 64-65 :**

réponse 5

• **Les 7 erreurs page 30-31 :**

1. le phare gauche n'est plus cassé
2. Derrick n'a plus ses lunettes
3. le klaxon tire la langue
4. il y a un écrou en plus derrière le tacot
5. la manivelle a bougé
6. la clef sur la porte a disparu
7. la roue arrière a 2 rayons de plus

• **Les 7 erreurs page 46-47 :**

1. l'extrémité de la flûte a changé
2. la fourchette est devenue une cuillère
3. l'anse de la soupière a disparu
4. la dame n'a plus son collier
5. il y a des pompons sur les babouches de Derrick
6. la cravate de Derrick a perdu ses rayures
7. l'inscription sur l'étiquette de la bouteille de vin a changé

• **Les ombres chinoises pages 108-109 :**

réponse 5

REMERCIEMENTS

À Cyril, mon baba, mon grand frère qui m'a pris sous son aile et qui me permet de vivre mon rêve. Sans lui, rien ne serait possible. Mais on doit quand même parler de Pedro...

À tous mes camarades de jeu de TPMP, qui me soutiennent chaque soir et rigolent autour de la table.

À tous les copains qui ont prêté leur voix aux différents personnages de Derrick.

À mon père, sans qui je ne pourrais maîtriser aussi bien cet accent.

À ma mère, qui n'aurait jamais cru que je puisse sortir un livre, vu que je n'en lis jamais.

À mon frère biologique, Clément, que j'aime fort.

À mes frères adoptifs, Angel et Toinou, que j'aime aussi.

À tous les monteurs qui ont travaillé pour Derrick.

À ma Team du Poste de Surveillance, Mathieu et Marie.

Mention spéciale à mon frérot, Abdoul, alias Jürgen, le plus fidèle, qui m'accompagne depuis le début, et avec qui je ne compte plus les nuits blanches passées à trouver les meilleures images pour construire le Poste de Surveillance et donner une seconde vie à Derrick.

Et surtout :
Merci à vous tous, sans qui je ne serais pas là, merci de m'accompagner tous les matins à la radio, tous les soirs à la télé, et de me soutenir sur les réseaux sociaux. Vos messages et vos sourires comptent plus que tout pour moi ! Sachez-le : je vous aime !

Camille